어쨌거나 다음 생에는

시작시인선 0350 어쨌거나 다음 생에는

1판 1쇄 펴낸날 2020년 10월 10일
지은이 정용기
펴낸이 이재무
책임편집 차성환
편집디자인 민성돈, 장덕진
펴낸곳 (주)천년의시작
등록번호 제301-2012-033호
등록일자 2006년 1월 10일
주소 (03132) 서울시 종로구 삼일대로32길 36 운현신화타워 502호
전화 02-723-8668
팩스 02-723-8630
홈페이지 www.poempoem.com
이메일 poemsijak@hanmail.net

ⓒ정용기, 2020, printed in Seoul, Korea

ISBN 978-89-6021-517-7 04810
    978-89-6021-069-1 04810(세트)

값 10,000원

어쨌거나 다음 생에는

정용기

천년의시작

시인의 말

산기슭을 밝히다 간 오월의 찔레꽃,
그 하얀 그림자에
얹혀살아도 되는지요?

천지연폭포 건너편 언덕에 이른 동백꽃 피면
서귀포 앞바다에서 불러온 물비늘들로
명치께가 온통 붐벼도 되는지요?

2020년 가을 건너면서
정용기

차 례

시인의 말

제1부 꽃

제1부 꽃

노랑어리연꽃

운명의 굴레에서 벗어날 수 없는 생도 있지
인연의 강이 너무 깊어
한평생을 늪에서 허우적대야 하는 생도 있지
그대는 때로 멀리 강 건너 있고
그대는 때로 물줄기 따라 흘러가고
그대에게 닿기 위해 열에 들떠
꿈속에서도 뿌리줄기를 키우지
아무리 발돋움해도
그대에게 닿지 못하는 날은
노랗게 혼절하지

노란 열망으로
온통 몰두하는 생도 있지

충북선

다음 생에는
충북선 기찻길 가까운 산골짜기에
볕바른 집을 마련해야지.
3·8일에 서는 제천 장날이면
조치원 오송 충주를 지나오는 기차를 타고
터키석 반지를 낀 고운 여자랑
제천 역전시장을 가야지.
무쇠솥에서 끓여 내는 국밥을 사 먹고 돌아다니다가
또 출출해지면 수수부꾸미를 사 먹어야지.
태백산맥을 넘어온 가자미를 살까
어떤 할미의 깐 도라지를 살까 기웃거리다가
꽃봉오리 맺힌 야래향 화분 하나 사고
귀가 쫑긋한 강아지도 한 마리 사서 안고
돌아오는 기차를 타야지.
손잡고 창 너머로 지는 저녁 해를 보다가
삼탄역이나 달천역쯤에 내려서 집으로 와야지.
아무도 눈치채지 못하게 산그늘로 숨어들어야지.
소쩍새 소리 아련한 밤이면
둘이 나란히 엎드려 시집을 읽을까,
스메타나의 몰다우를 들을까.

어쨌거나 다음 생에는
충북선 가까운 곳에 살아야지.

통영

통영 가는 길 동행이 여럿입니다.
아버지 두루마기 자락 붙잡고 먼 길 나선 여섯 살 나와
폭우도 무릅쓰고 따라나서는 스무 살과
불혹을 한번 지켜보기나 하자고 은근슬쩍 따라붙은 지
리산과
지천명이 못 미덥다고 억지로 뒤를 밟는 진주 남강 그리고
흐느끼는 목소리로 봄날은 간다고 하소연하는 백설희와
연분홍 치마 입혀서 그녀가 데리고 온 여인이
칠월에 통영을 찾았습니다.

서호시장 어름에서 여섯 살 나는 길을 잃고
뭉게구름에 홀렸는지 스무 살은 소식이 없습니다.
미륵산에서 지리산은 뿔뿔이 흩어져 섬으로 나앉고
진주 남강은 바닷물에 섞여 행방불명인데
백설희는 뒷골목 어느 술청에 들렀나 봅니다.
오래전에 봄은 가버렸는데
연분홍 치마만 끝내 남아서
칠월의 명정골 입구에 백일홍으로 섰습니다.
어스름 바다를 보고 돌아오는데
동피랑의 언덕바지 치자꽃 향기가 옆자리에 앉아

어둠 속 오래 손을 잡아주면서
남루했던 내 오십 줄을 적십니다.

주상절리
—서귀포 1

자, 봐라

당신의 뜨거운 시간이 지나고 나면
내 마음속에 속절없이 맺히는
저 허무의 기둥들

아니다, 들키고 싶지 않다

그대의 창가를
수수만년 머뭇거리던
이 아름다운 폐허

은지화
—서귀포 2

서귀포시 서귀동 이중섭거리에 서서
햇살 그득한 앞바다를 내려다보는데요
바다가 보내주는 봄볕이 골목마다 차오르는데요
애써 숨겨 온 우리네 삶의 그늘이 보이네요
핍박하면서 진땀 흘리며 조마조마 걸어온 길이 보이네요

그러니 그리운 사람이라도 있으면 불러다가
은박지처럼 빛나는 서귀포 앞바다에 뒹굴어보자구요
멀리 출타한 이중섭은 자리를 비웠어도
게를 데리고 산책을 해보자구요
복숭아꽃이랑 손잡고 어울려보자구요
나비를 타고 섶섬 위를 날아보기도 하고
아이들이랑 애기동백 아래서 숨바꼭질해 보자구요
소가 끄는 수레에 식솔들 태우고 자구리해안으로 가서
물고기들에게 봄소식 전해 주자구요

저 봄 바다 저물기 전에
그늘 많은 우리네 삶이 서쪽으로 돌아가기 전에
젖은 삶이 마르도록 수평선에 걸어놓고 누려나 보자구요
섶섬이랑만 놀다 지친 서귀포 앞바다가
봄 햇살 아래 저렇게 보채쌓는데
매화 수선화에게만 저 봄을 맡겨 둘 수 없잖아요

새벽 바다
—서귀포 3

동짓달 기나긴 밤 한허리를 베어다가
춘풍 이불 아래 서리서리 넣어둔 황진이가,
봄을 기다리다 지쳐 마음 급해진 황진이가
서귀포 매일올레시장 관광객들 틈에 섞여
다소곳하게 거닐기도 한다는 거 아는가 몰라
그래야 봄이 시작된다는 거 아는가 몰라

무슨 고운 사연 있는지
새벽 바다에 여장을 풀고
동짓달 기나긴 밤 한허리를
어스름 새벽 바다에 남몰래 펼쳐낸다는데
눈치챈 매화가 그제서야 향기 풀어내는 걸 보면
헛소문은 아닌 모양
가까운 어느 갯가에 동백도 서둘러 꽃을 피우겠는데,

봄 햇살 아래 드러날
저 하고많은 윤슬*들 어찌하리

---

* 윤슬: 햇빛이나 달빛에 비치어 반짝이는 잔물결.

20

2월
—서귀포 4

봄빛 그렁그렁 법환포구 짙은 바다
한정 없는 물비늘에 그만 눈은 멀어서
혹등고래의 노래나 기다릴거나

갈기 세우고 몰려오는 만경창파에 맞서
말 머리를 댕강댕강 끊어놓는
자객이나 되어볼거나

이르게 피었다 뭉텅 지는 동백꽃 따라
저 몹쓸 봄 바다에 까무룩
마음 한 자락 붉게 쏟아버릴거나

저 봄볕이 나를 내버려 두지 않으니
어찌해야 좋을거나

애기동백
—서귀포 5

천지연폭포가 건너다보이는 깎아지른 절벽 위쪽 공원에는 1월에도 꽃을 피우는 애기동백 있단다

연분홍 꽃잎 발치에 가득 떨군 애기동백은 두 뺨과 목덜미가 곱기도 하단다

그 꽃잎들 서귀포 앞바다 물너울에서 왔단다

알 수 없는 인연이 겹겹이 쌓여 피었단다

꽃잎 속에 시린 손 넣으면 은근하게 피가 돌아 봄이 만져진단다

꽃잎 속에 지친 발 묻으면 온몸이 꽃기운으로 간질간질 부푼단다

더군다나 그 꽃잎들 그러모아 팔베개라도 할라치면 수평선 바깥까지, 구름의 속살까지 다녀오는 꽃잠에 든단다

그리하여 온몸으로 달려드는 서귀포 앞바다를 어쩌지 못해 한철은 몸살을 앓아야 한단다

서귀포에 가면 1월에도 내 명치 으슥한 곳 어디쯤에 한 장 한 장 불씨처럼 꽃잎 떨구는 애기동백 있단다

낮달
—서귀포 6

빛, 간밤 저 앞바다 물비늘에 다 내주고
마음, 그대의 덧창에 남몰래 다 쏟아내고
몸, 천지연폭포 가는 길 먼나무 붉디붉은 열매로 남겨 놓고
그대에게 가고 없는 내가 갑니다
올레시장 관광객들 틈에 나를 슬쩍 남겨 놓고 갑니다

그리워 이가 갈리더라 하면 믿어는 줄거나*
손마디 거칠어지고 눈언저리 처지니
맑은 그리움만 남은 세월 끌어안고 서쪽으로 갑니다
이중섭거리를 돌아 돌아보며
외돌개 돔베낭길 지나서 갑니다
절뚝이며 절뚝이며 서쪽으로 갑니다

* 김사인의 「예래 바다에 묻다」에서 빌려 옴.

사랑니
—서귀포 7

남원읍 위미리 동백나무 군락지
추위도 아랑곳 않던 동백꽃 한 송이
통째로 툭 떨어진다

멀리서 누군가 이 겨울에
오래 지녀온 숨은 사랑니를 뽑는가 보다
남몰래 쓰라리게 품어온 세월마저
덩달아 딸려 나갈까 노심초사하면서
허벅지의 무명 치마를
두 손으로 움켜쥐는 사람이 있나보다

이사
─서귀포 8

나 이사했어, 환한 봄날에 놀러 와!*
외돌개에서 천지연폭포 넘어가는 곳
서귀포항이 내려다보이는 언덕바지
봄빛 오래 머물다 가는 곳에 터를 잡았어
무르익은 봄날을 잡아 찾아와!
하루에도 몇 번씩 수평선 넘어온 바닷물도
마당에서 놀다가 현무암 돌담 사이로 빠져나가곤 한단다
봄이 끝나기 전에 들렀다 가!
귤꽃 향기 이끄는 대로 따라오면 돼
키 큰 워싱턴야자나무 보고 찾아오면 돼

그런데 왜 이러지
가도 가도 오르막길에 앞이 제대로 안 보이네
파랑주의보 앞에서 바다는 왜 글썽이기만 할까
삶은 늘 물이랑에 서쪽으로 떠밀리기만 할까
무엇이 동쪽으로 길을 잡은 목덜미 낚아채서
서쪽으로 서쪽으로 끌고 가는지
삶은 늘 절룩거려야 하는지
너는 알고 있니?

늦기 전에 꼭 놀러 와!

* 나희덕 시인의 「너무 늦게 그에게 놀러간다」에 기댐.

25

함덕*

우수 지나 함덕
부풀어 오르는 상현달 아래
서우봉 앞바다는 온통 물비늘 꽃 천지
향긋한 꽃 내음 아득하게 펼쳐내며
일렁일렁 물이랑을 타고, 그대
밤새 수평선 넘어와도 좋으리

우수 지나 함덕
꽃잠에 취한 그대는
천리향
밤새 물멀미 앓는 나는
백리향

구례

산은 겹겹 물은 진진
구례 땅 운조루 나무 섬돌 위
신발 한 켤레 정갈히 벗어놓고
그대, 구름처럼 누마루에 앉았다가
섬진강 물이 되어 남쪽 바다로 가는지
노고단 오르는 길 산목련으로 피어나는지

오래 여며온 그리움으로
신발 끈 묶어주고 싶어라

춘천春川

용산역에서 ITX-청춘 열차를 타고
늦가을에 춘천 간다.
청춘에 면회를 간다.

청량리 마석 청평 가평 강촌을 지나면서
마흔이 되고 서른이 되고 스물이 된다.
추분 처서 하지 곡우를 거스르다가
춘천에 당도할 때쯤이면 벚꽃 흐드러진 청명이 된다.
물비늘 한정 없이 붐비는 북한강 건너가면
지나간 시간들 만수위로 찰랑거리는 호수가 있다.
늦가을 산의 저 들끓는 열망을 끌어안고
하류로 흘려보내지 말아야지,
결코 무너지지 말아야지
댐을 쌓은 채 안간힘을 쓰는 마음이 있다.
치렁치렁한 가지를 물에 담근 수양버들이
눈치채지 않게, 춘천에 가면
구름 속에서 빚어낸 여인을 자전거에 태우고
호숫가를 돌아볼 수도 있지.
내 그림자 물고 뉘엿뉘엿 서쪽 하늘로 날아가는
철새들 항로 애써 외면하더라도, 춘천에 가면

지나치는 자전거에 수수러지는 벚꽃잎들 부추겨서
한나절쯤 놀아볼 수도 있지.

11월의 춘천은
움벼처럼 이따금 푸릇푸릇하기도 하지만
해 저물면 경춘선 돌아오는 열차를 타야 하지만
4월에서 11월로 돌아오고
스무 살에서 쉰 살로 돌아와야 하지만
도대체 어디서부터 11월에 내 생애를 맡겨야 하는가.

춘분

특급열차로 사나흘쯤 걸리는 별에 가서
꽃보라 날리는 마을에 여장을 풀고
이웃집에서 담 넘어온
연분홍 살구꽃 그림자랑 노닥거리다가
꽃을 찾아온 벌과 나비랑 어울리다가
김영임이 불러주는 청춘가나 듣다가
꽃가지 사이로 비치는 햇살로만 연명하다가

오는 봄에는
그렇게 한철 보내면서
행방이 묘연해질 것이니.

태백선

기울어서는 안 된다고
미끄러져서는 안 된다고
가파른 비탈에 골똘히 서있던
늦가을 민둥산의 낙엽송들
떼를 지어 바늘잎을 노랗게 물들이면서
산기슭을 온통 뒤덮은 그 안간힘들
청량리행 무궁화호 차창에까지
기를 쓰며 따라오다가
예미 지나고 영월 지나는 즈음에서
오래 버텨오던 고단함을 내려놓네
내 어깨로 기울어 설핏 잠이 들었네

몸이 만들어낸 무거운 그림자에 갇혀
허겁지겁 여기까지 이르렀으니
이쯤에서 그림자의 미늘을 빠져나와
생의 목차를 헝클어놓고 싶은 것이다
늦가을 저무는 산기슭으로 몸을 숨기는
길들의 뒤를 밟아보고 싶은 것이다
찰랑찰랑 밀려오는 어둠 저쪽으로
물수제비를 뜨고 싶은 것이다

제2부 꿈

매화

닫힌 문 앞에서

겨우내 시린 발 동동거리며

그립다는 말

입안에서만 굴리다가

이제서야 대책 없이 발설하노니

봄밤 1

겨울잠에서 깨어난 산개구리들
명치끝에 몰려와 오글거리는 산개구리들
울음주머니 부풀리며 질긴 울음 부글부글 슬어서
내 몸 온통 집어삼키는 봄밤입니다.

남쪽에서 먹구름처럼 파다하게 북상하는 꽃 소식
등뼈 한 칸 한 칸 아프게 무너뜨리는 꽃 소식
도처에서 매화가 수런수런 뒷덜미를 헐뜯으니
내 몸이 온통 흉흉한 봄밤입니다.

모든 것이 흘러넘치는 봄밤
몸 안에 만수위로 강물이 차올라 질식할 것 같은 봄밤
강 건너 저 마을에 어느 그윽한 사람 있어서
그렁그렁 내거는 등불에 가슴 문드러지는 봄밤입니다,
어질어질 밤새 몸살 앓는 봄밤입니다.

봄밤 2

온 들판 가득
개구리 소리
쌀처럼 쏟아진다
봄바람에 쓸리는 대밭
쌀 씻는 소리 울울창창이다

쌀 씻어 밥해 먹으니
솥쩍솥쩍 소쩍새 우는
이 봄밤
그득그득 배부르다

사계절별정우체국장의 업무

　사계절별정우체국장은 예탁금을 끌어오느라고 1년 내내 바쁘다
　예탁금이 산을 이루고 강물처럼 고인다

　오래 기다리던 사람이 다녀간 봄날이면 고운 발자국이 살구꽃으로 화들짝 피어 세상을 온통 밝히는데, 그 무수한 연분홍 꽃잎들은 비밀 계좌에 차곡차곡 적립해 놓았다
　하지 무렵 산딸기를 상감한 청잣빛 산그늘은 금고에 보관 중이고
　작은 대숲에서 그러모아 훔쳐 온 새소리만 해도 물경 수천 석이라 곳간이 모자랄 지경이다
　귀가 얇은 곤줄박이가 별정우체국장의 꼬드김에 넘어가 아침마다 맡기고 가는 맑은 소리는 기하급수로 번식하고 있어 재미가 쏠쏠하다
　나무와 바람과 구름의 말을 틈나는 대로 번역하여 여름밤을 건너가는 은하수에 띄우면 먼 우주에서도 심심찮게 회신이 와 투자 문의가 귀찮을 정도다
　백로 무렵 풀잎에 맺힌 이슬은 털어도 털어도 끝이 없어 박리다매로 햇살에 하청을 주어서 관리 중이다
　가을과 짬짜미하여 뇌물로 받은 은행잎이 슬하에 소복하고

푸른 하늘 불하 받아 지나가는 새들로부터 받는 통행세만
해도 이루 헤아릴 수 없다

눈 오는 날 발뒤꿈치에 붐비는 퇴근길의 설렘은 값으로
매길 수 없지만 모른 척하고 눈감아 준다

이 모든 자산을 5할이 넘는 복리 이율 상품으로 내놓아
도 금방 동이 나고, 불만을 드러내는 경우가 일찍이 한 번
도 없었다

단, 한겨울에 생일을 맞이하는 사람에게는
평생 무이자로 대출해 준다
또한 곤줄박이 우짖는 소리 한 보따리
별정우체국 소인이 찍힌 소포로 보내준다

도화살桃花煞

전생에 나는
삼천포 앞바다 사량도에 살았을 것이다.
섬 기슭에 복숭아꽃 만발하면
물멀미 앓으면서 떨어진 꽃잎들을
건져 올리는 홀아비 어부였을 것이다.
그것도 아니라면
평안도 삭주 박천 어디쯤
복숭아꽃에 숨은 마을 지나다가
낙타 고삐 쥔 채 넋을 잃고
석 달 열흘은 넘게 주저앉아 있던
서역 상인이었을 것이다.
아니다, 아니다.
진주 남강이 보이는 임진년의 기생집에서
불목하니로 있으면서 가슴 다 타버린
떠꺼머리총각이었을 것이다.

그렇지 않고서야
그대에게 기울어지는 마음 가당키나 하리.
야래향 향기에도 까마득해지는
이 마음 어찌 설명하리.

서천, 배롱나무

봄날은 벌써 흘러갔는데
세월은 유수와 같이 지나갔는데
어쩌자고 마을마다 길가마다
진분홍 치마 차려입고
저 배롱나무는 나를 들쑤시는가

나는 서쪽 바다로 가고
해 저무는 서쪽 바다는 멀어서
아무리 까치발을 해도 마음 닿지 않고
그림자는 동쪽으로만 뻗어가고
동쪽에는 누가 사는가
어긋난 운명 앞에
진분홍 치마 휘날리며[*]
울컥울컥 피를 쏟아내는가

어쩌자고 지구는
저렇게 뜨겁게 달아오르는가

[*] 백설희가 부른 「봄날은 간다」의 노랫말에 기댐.

접시꽃

꾀꼬리는 계곡물 둥글게 굴려서 오구요,
뻐꾸기는 탁란의 서러움 하소연하구요,
앵두는 붉은 입술로 껌을 짝짝 씹구요,
버찌는 까만 눈동자 천진난만 깜박이구요,
그리고 그리고
산은 겹겹 푸르게 푸르게 밀물져 오구요,
깊은 산속 곰딸기가 익어간다는 풍문 떠돌구요,
곁을 떠나 있는 딸이 불쑥불쑥 엄마 보러 오구요,

……

유월에는 유월에는
수시로 찾아오는 손님들로 붐비니
저 어여쁜 여인네는
감춰둔 접시들 끄집어내어
햇빛에 차곡차곡 말리구요……

낙화유수 落花流水

3월 춘분 무렵
산수유꽃 자우룩한 구례 산골짜기 들었다가
마음 굽이 노랗게 젖었다
4월 곡우 무렵
복사꽃 만발한 조치원 어름에서
분홍빛이 명치끝으로 꿈처럼 흘러들었다
5월 부처님오신날 즈음
갑사 가는 길 저수지가에서
찔레꽃이 마음의 문고리를 자꾸 잡아당겼다

봄 지나면서 누군가 몸속까지 몰래 숨어들어
아리게 내 속을 파먹는다
파먹힌 도랑으로 흘러가는 강물에
무더기로 알록달록 몰려들어
물낯을 자꾸 들여다보는 꽃잎들
두통과 발열 감당할 수 없구나
봄날은 흘러 흘러 까마득하구나

칠불사

구름 한 자락과
단풍 색깔 한 바가지와
기왓장 그늘 한 폭과
온 산을 쓰다듬는 바람 한 줄기와
아래 세상으로 탁발 가는 물소리 한 가락을
조금 덜어서 속세로 모시고 가면 안 되겠느냐고
부처님께 물으니
그러라고 대답하신 것 같은데
집에 오니 아무것도 없다

나팔꽃 2

그대, 밤새 아팠구나
천둥 번개 비바람 받아내느라고
이리저리 끌고 다니는 거친 물줄기 다독거리느라고
멀리서 울컥울컥 넘치는 바다를 끌어들이느라고
마음 사납게 나부꼈구나

그대, 밤새 들끓었구나
달팽이관에 울창하게 서식하는 만경창파
그대는 소리의 만석꾼이 되었구나
저 붉은 소리 끄집어내려고
해바라기의 안간힘에 기대었구나
그대, 돛을 펼쳐라
뱃고동 소리로 일어서서 담벼락 너머
푸른 바다로 나아가야겠구나

독감

당신이 저지른 짓이 틀림없어
먼 산마루 넘겨다보는 척하면서 꽃살문 손잡이에 바이러
스를 슬쩍 묻히고 구름처럼 들어온 게 틀림없어

머릿속 들보에 목어를 걸어놓고 두두두두두두 두드리기
도 하고
폐에서 컥컥 기침을 끄집어내어 새벽 세 시의 거리를 몸
속에 옮겨 놓기도 하고
뼈마디마다 마른 갈대와 북서풍 불러다가 난동을 부리고
심장으로 거친 파도를 일으켜서 못 견디게 하는 당신

당신이 다녀간 게 틀림없어
식은땀 잦아들고 핏줄 속으로
방울방울 흘러드는 골짜기의 물소리
등줄기에 아장아장 다가오는 저녁 햇살
그러니까 당신은 그냥 나에게 해코지하고 싶었던 거야

꽃씨

그대에게 가기 위해 먼 항구에 정박 중이다
이승과 저승 어름에서 그대의 호출 기다리고 있다

접시꽃, 봄을 판 노잣돈으로 산 넘고 물 건너
그대의 마음자리에 뿌리내리고 한평생 견딜 것이다
나팔꽃, 전생을 가로질러 오는 아득한 빗소리 딛고
자주색 천둥을 그대에게 선물할 것이다
봉숭아, 밤새 등불 켜고 기다리다가
그대 발소리에 화들짝 놀라 뿔뿔이 흩어질 것이다

그대 마당에 봄볕 도달하기를
번개가 밀봉된 시간을 깨뜨리기를
주시하는 몸속에 용암이 들끓고 있다

꼭두서니

칠점사처럼 독을 품고서
그 푸른 독을 풀어서
일곱 걸음 안쪽에만 몸 두도록
한평생 무릎 꿇릴 수도 없으니

햇살 맑은 날 골라
곤두선 애증으로,
자잘하게 겨눈 서러움으로
스쳐 가기만 하는 그대 손목에
방울방울 핏물 맺히게 할까
심장 확 할퀴어버릴까

감입곡류 嵌入曲流

산자락의 뜨거운 치마 들추고
붉게 달아오른 채 흘러드는 물줄기
저녁놀이 낯 붉히며 훔쳐보니
스스럽구나,
어둠이 문 닫아거는
늦가을 저물 무렵

모래시계
—서귀포 9

자고 있는 거야?

새벽 두 시 밤바다 수백만 평 물이랑에 꽃밭 일구기 좋
은 밤인데
집어등 환하게 밝히고 소금쟁이처럼 단숨에 수평선 넘어
가기 좋은 밤인데
눈멀고 귀먹은 채 더듬거리며 새벽 바다에 잠긴 별자리의
빗장을 풀기 좋은 밤인데
우두커니 서서 어지럼증 앓는 야자수 꼬드겨서 바닷새들
날려 보내기 좋은 밤인데

자고 있는 거야?
모래시계를 뒤집어야 할 시간
밤새 색달해변으로 상륙하는 물너울을
모래시계에 채워야 할 시간
등 보이지 말고 돌아누워 봐!

입동

다보록한 찔레 덩굴
참새 떼가 진을 치고
한정없이 조잘댄다

저것들 수확하여 잘 갈무리하면
시집 한 권 족히 되겠다
겨울도 너끈하겠다

당신은 그리하여

당신은 내 손목 붙잡고 저수지로 끌고 갔을 테고
당신은 나를 위해 자정의 수렁을 예약했을 테고
당신은 내가 자주 다니는 길목에 몰래 지뢰를 묻었을 테고
당신은 풀잎 끝에 맺힌 이슬 나에게 강매했을 테고
당신은 내 안의 광기를 빼앗고 허세를 안겼을 테고
당신은 홍수로 불어난 냇물에 들어가도록 부추겼을 테고
당신은 바다를 지나온 바람에 목줄로 나를 묶어놓았을 테고
당신은 감언이설로 나를 초원으로 불러냈을 테고
당신은 유월의 장미로부터 수혈을 강요하기도 했을 테고
당신은 구름에게 보내는 연애편지 대필하게 했을 테고
당신은 수만 년 동안 굴러온 돌의 연대기를 작성하는 숙
제 냈을 테고,

당신은 나를 이 지경으로 만들었을 테고,
그리하여 내 명치 언저리에 우련한 물무늬가 이따금 환하
게 드리웠을 테고

제3부 길

격리

복사꽃은 내 등짝을 사정없이 때린다
복사꽃은 세레나데를 불러줘도 등을 돌린다
복사꽃은 밤이 되어도 더 이상 등불 내걸지 않는다
복사꽃은 이제 분홍색을 버리고 검게 봄을 건넌다

복사꽃은 사방에 벽을 두르고 나를 합법적으로 감금했다
복사꽃은 때가 되면 문을 아주 조금만 열고
혐오와 차별로 지은 밥과 된장국만 놓고 사라진다
복사꽃은 이제 그림자조차 얼씬거리지 않는다

끝없이 펼쳐진 어둠만이 나의 영토,
어둠 속에서 코를 감싸 쥔 채 배설을 하고
가위눌린 꿈속에서 꽃밭을 끌고 오느라고 잠꼬대를 한다
어둠 속에서 기침을 하고 근육통을 앓고
어둠 속에서 열에 들떠 문병 오는 들쥐들을 만난다

끝없이 펼쳐진 어둠만이 나의 영토,
구급차가 전조등도 없이 사이렌 소리를 내며 휘젓고 다닌다
저건 명백하게 불법이다

바이러스

흉흉하구나,

가쁜 숨을 몰아쉬며 검은 박쥐들이 떼 지어 몰려오는구나,

음산하게 기침을 하고 끈끈한 가래를 치올리면서 무거운 그림자들이 우리를 덮치는구나,

우리가 게걸스럽게 먹어 치우고 돌아선 목숨들이 다리를 돌려달라고 심장을 찾아달라고 목뼈가 부러졌다고 척추가 내려앉았다고 검은 도포 걸친 채 문밖에서 진을 치고 통곡을 하는구나,

우리가 함부로 쓰고 미련 없이 버린 것들이 먼바다를 떠돌다가 부메랑으로 몰래 찾아와서 뒤통수치는구나,

주체하지 못하는 욕망의 동굴에서 우리가 무심코 배양한 저 은밀한 진물이 등 뒤에서 숨통 조이며 복수하는구나,

으슬으슬 오한을 불러오고 열을 펄펄 끓게 하여 종말 쪽으로 우리를 몰아붙이는구나,

석 달 열흘 동안 산불이 맹렬하게 타오르고 타올라 떠도는 숯검댕이가 우리의 허파꽈리에 컥컥 달라붙는구나,

땅이 꺼지고 흙비가 내리고 잠 속까지 매캐하고 불온한 안개가 피어오르는구나,

악마와 손잡고 면죄부 팔아 신전을 더럽히는 무리들이 햇빛을 가려 세상이 어둠으로 가득 찼구나,

이 막다른 골목에서도 유언비어에 기생하여 봄의 뒷덜미를 낚아채는 거간꾼이 준동을 하는구나,

세 치 혓바닥으로 악다구니 퍼붓고 백성을 볼모로 이익을 노리는 간특한 무리들이 뒷골목을 배회하는구나,

우리가 우리를 저주로써 봉쇄하고 내가 너를 탐욕으로써 격리하는구나,

증오와 탐욕을 숙주로 하여 마스크로 결코 가릴 수 없고 소독약으로도 결코 물리칠 수 없는 바이러스가 창궐하는구나,

판도라의 상자를 열었구나,
모든 문이 닫히는구나.

마네킹

눈도 귀도 지워져 버렸다.
코도 입도 뭉개져 버렸다.
골치 아픈 뇌는 누군가 긁어내 버리고
옷 속에 감춰진 가슴은 윤곽만 남고 허물어져 버렸다.
어떤 경우에도 눈물 흘리지 않고
무슨 일에도 분노의 말을 하지 않는다.
텅 비어버린 몸통은 끝없는 배고픔만 느낄 뿐.
그래도 철마다 신상품 앞에서 두리번거리는 당신들의 모
습 다 보고 있다.
당신들의 발자국 다 듣고 있다.
결국 당신들이 내 영혼을 사 가리라는 거 다 안다.

이건 공공연한 비밀인데, 당신들과 나는 근친 관계
내가 걸친 옷을 같이 입고
눈도 귀도 지우고
코도 입도 뭉갠 채로
가는 데까지 같이 가보는 거야.
그래도 허전하면 눈썹을 그려 넣고
없는 입술에 립스틱 바르고
그믐달에 걸터앉아 서쪽으로 서쪽으로 한없이 무너지는

거야.

　먼 서쪽으로 가서 당신들과 나,

　오래오래 울면서 떠도는 낮달이 되는 거야.

대척對蹠

　2020년 1월 3일 새벽 1시, 이라크 바그다드 국제공항에 도착해 차량에 탑승한 이란 혁명수비대 정예군 솔레이마니 사령관을 미국의 요인 저격용 드론이 야음을 틈타 미사일과 정밀유도폭탄으로 암살했다. 강대국이 정밀한 군사력으로 입맛에 맞지 않는다고 주권 국가의 군사 수장을 제거해 버렸다. 재선에 혈안이 된 트럼프 대통령이 이 작전을 승인했는데, 공습 시점에는 플로리다주의 별장에서 오랜 지인들과 함께 미트로프*와 아이스크림 등으로 만찬을 하고 있었다. 가족들과 저녁 식사를 할 수 있는 식탁으로 영영 돌아가지 못하게 솔레이마니를 비롯한 요인들을 넝마처럼 만들어버린 밤이었다.

　2020년 1월 9일 저녁 7시 30분, 세종시 문화재단이 마련한 신년 음악회가 조치원의 세종문화예술회관에서 열렸다. 빈 필하모닉 멤버 앙상블! 백발이 성성한 연주자도 있고 구레나룻이 멋진 연주자도 있었는데, 열세 명의 단원들이 먼 나라까지 와서 연미복을 입고 멋진 음악을 선물해 주었다. 현악기는 앞에서 부드럽게 끌고, 관악기는 뒤에서 힘차게 밀어주고, 타악기는 간간이 힘내라고 흥을 돋우어 주면서 대강당을 가득 메운 사람들의 마음을 두 시간 가까이 따뜻하게 어루만졌다. 콘트라베이스 연주자는 내내 서서 수고를 아끼지 않았다. 관중들의 갈채를 받고 〈아름답고 푸른 도나우강〉 〈아리랑〉 〈라데츠키 행진곡〉까지 무려 세 곡이나 덤으로 연주해 준 밤이었다. 음력 섣달의 보름달이 뜬 밤이었다.

* 미트로프meatloaf: 다진 쇠고기 구이.

진술서

경기도 양주의 부대 인근 참외밭에서
야음을 틈타 참외 한 아름 몰래 따 와서
소대원들과 먹어 치운 적 있습니다.
한미합동훈련 도중 남한강 도하 작전을 끝내고
충청북도 제천 어느 산골 마을에서
공포탄을 쏘면서 한 마을을 소란스럽게 했습니다.
연천과 포천을 지나는 행군길에
풋고추를 따 먹고 농작물을 짓밟았습니다.
싸리 작업을 하러 간 늦가을 어느 골짜기에서
청둥호박에다 장난으로 대검을 깊이 찔러 넣었습니다.

이 모두
스물서너 살 무렵
전두환 정권 때 저질렀던 일입니다.

매미

입추와 말복 사이 매미 울음 울울창창하다

긴 어둠 속에서 키워온 허기와 퇴화해 가는 날개를 저 날
것의 절규 앞에서 들켜버린 것이다. 옷자락 들추어 살갗을
파고들기도 하고, 눈앞에서 어지럽게 흩어지기도 하고, 핏
줄 속으로 스며들어 모든 세포를 곤두서게도 하고, 폭포처
럼 귓속으로 흘러들어 몸을 가득 채우다가 표면장력이 무너
지자, 몸에 갇혀 은밀하게 부식하는 시간들과 맥없이 보낸
청춘의 잔해들과 쉽게 요약되지 않는 서러움과 다스릴 길
없는 그리움들이 등을 찢고 빠져나가고 허물만 남은 채로
늦여름을 견디는데……

울어라 매미야 울부짖어라 매미야
험상궂은 허물 한 벌만 남더라도
날아라 매미야 날아올라라 매미야
어느 골짜기에 거미줄이 도사리고 있더라도
나는 탈피를 해보고 싶은 것이다
저 소리의 유목민이 되어보고 싶은 것이다

함락된 도시의 여자*
―1945년 베를린의 여인

그렇다, 전쟁은 베를린을 향해 밀려오고 있다.**

우리는 열광하며 보냈다. 국가는 우리의 아들과 연인, 남편과 오라비들을 징집해서 전쟁터로 내보냈고 우리는 그들을 기꺼이 내주었다. 우리가 전송한 아군들은 악마가 되었다. 적지에서 어린아이의 머리통을 벽에 짓찧어 죽게 했고 부녀자들을 겁탈하고 능욕했다. 시가지를 폐허로 만들고 농경지를 어질러놓았다. 수백만 명을 불태워서 그 시신으로 비료를 만들고 비누를 만들었다. 그리하여 아군은 분노한 적군들을 불러들였다. 적군들은 릴케, 괴테, 베토벤을 길러낸 나라를 하수구에 처박았고 여자들을 치욕에 떨게 했다.

그렇다, 붉은 군대가 베를린을 향해 밀려오고 있다. 모스크바와 시베리아와 우크라이나에서 온 적군이 우리를 덮치고 있다.

길과 집이 폭격을 당하여 폐허가 되었고, 전기와 수도는 끊겼다. 우리는 방치되고 버려졌으며 굶주림에 시달렸다. 굶주리는 인간의 뱃속에는 늑대가 산다.*** 변변찮은 빵과 우유와 소금과 물과 설탕과 썩어가는 감자를 얻기 위해 늑대가 되기도 하고 양이 되기도 했다. 배급표에 핏자국이 튀었다. 인간은 인간에게 늑대다.**** 거리에서 계단에서 지하실에서 다락방에서 붉은 군대는 우리를 겁탈하고, 우리는 유린당했다. 톨스토이와 고리키와 차이코프스키를 배출한 나라에서 온 그들의 군홧발에 짓밟혀 오물 신세가 되었다. 전쟁은 우리들의 정조를 빼앗았고, 부모 형제와 불빛이 따뜻하게 비치는 저녁 식탁과 연인의 사랑을 빼앗았다.

지금 거리에서, 은밀한 그늘에서 피에 굶주린 늑대들의 함성이 들끓는다. 증오를 부추기는 유언비어가 난무한다. 우리는 어디쯤 있는가. 우리들의 딸과 아내와 연인과 어머니는 안녕하신가.

---

* 『함락된 도시의 여자』: 제2차 세계 대전 막바지, 러시아군이 베를린을 점령한 시기에 마르타 힐러스Marta Hillers라는 여기자가 1945년 4월 20일부터 6월 22일까지 겪은 일을 노트 세 권 분량의 일기 형식으로 기록했고, 이를 정리하여 출판한 책. 한국어로 출판한 책의 제목.

, ***, * 이 책에 나오는 문장들을 인용함.

물티슈

태어나지 말았어야 할,

늘 젖어있지만 눈물도 절망도 아랑곳 않는,

맑은 날에도 젖어서 마음 부르트게 하는,

뭉게뭉게 피어날 듯하면서도 지난 기억을 삭제하는,

쓰레기통에 처박혀도 누군가의 뒤를 캐는,

유서 깊은 먼지들은 데려가고 얼룩만 남기는,

인류의 결함을 편리하게도 차곡차곡 쌓아놓은,

나오려다 나오려다 등을 돌려버리는 재채기와 한통속인,

흰색으로 위장하고 추행을 일삼는,

공중화장실에 사생아 몰래 낳아놓고 사라진,

기뻐하는 연인 앞에서 속물적으로 등을 돌리는,

뒷덜미를 염탐하는 형광등 켜놓은 채 잠드는,

울어도 운 것 같지가 않은,

청결을 빙자하여 끝내

내 꿈의 배출구 주위를 불온하게 빙빙 맴도는……

동백꽃

먼 남쪽 두고 온 바닷가에
풍문처럼 이른 동백꽃 피던 시절

스물한 살 애타는 청춘은
기다려도 기다려도 오지 않는 봄을 탓하며,
묶어도 묶어도 매듭 풀어지는 사랑이 야속하여,
출렁거리는 파도를 어쩌지 못해,
마음의 국경을 허물었다
76연대 대공진지에서 연병장을 향해
캐레바 50 실탄 한 박스 다 비웠다

그해 봄
그 연병장에
스물한 살이 내지른 청춘이여
아프게 흩어진 동백꽃이여

파장

공주산성시장 오일장
떡집 앞에 좌판을 깔았다
저 노파 어쩌자고 여기에 퍼질러 앉아
낯선 사람들이나 올려다보고 있단 말인가
신혼의 녹의홍상은 어디 가고
숱하게 차려내던 저녁 밥상의 온기는 어디 가고
가지 깻잎 풋고추 고구마 줄기 강낭콩……
다 팔아야 푼돈이나 될까 말까
시난고난 지나온 길을 지전 몇 장으로
어찌 감싸 줄 수 있단 말인가

십중팔구 영감 먼저 보내고
자식들은 객지로 뿔뿔이 흩어지고
적막하고 누추한 신세 어쩌지 못하여
낡은 유모차에 의지하여 첫차 타고 나왔겠지만
그래도 거두어야 할 것이 많을 것이다
이인이나 탄천 혹은 사곡 어느 골짜기
저문 집에 당도하면
젖 퉁퉁 분 어미 개가
예닐곱 마리 새끼 올망졸망 데리고

마중 나올 것이다
염소 우리에 풀도 넣어주고
화단의 꽃들에게 물 한 바가지 찌끄리면
고적한 밤이 찾아올 것이다

쥐

어린 시절 서까래 드러난 작은방 천장을 판자로 막아버리고 난 뒤로 밤이면 천장에 쥐 떼가 준동했다. 어둠 속에서 찍찍거리고 뛰어다니는 소리로 소란을 피웠고, 뇌의 피질을 갉아대면서 잠을 헝클어놓았다.

내 몸속에도 어느 틈에 몰래 들어왔는지 쥐 한 마리 산다. 기척도 없이 숨어있다가 주로 야밤을 틈타 불쑥불쑥 나타나곤 한다. 종아리를 갑자기 물어뜯어 소스라치게 깨워서는 새벽 두세 시의 어둠 속으로 나를 패대기쳐 버린다.

광화문이나 여의도에도 쥐 떼가 둥지를 틀고 신출귀몰하면서 몰려다닌다는 사실을 알 만한 사람은 다 안다. 어떤 쥐들은 백성을 핑계로 트집을 잡기도 하고 그래도 여의치 않으면 삭발을 하기도 한다. 또 어떤 쥐들은 나라의 곳간에 들어가 세미稅米의 가마니를 쏠아서 빈축을 사고서도 오리발을 내밀기도 한다. 이런 쥐들은 쥐약을 먹어도 죽는 법이 없다. 축지법에 능한 쥐도 있어서 농번기에 눈코 뜰 새 없을 때도 동에 번쩍 서에 번쩍 여러 제국을 돌아다니며 딱히 하는 일도 없으면서 바쁜 척을 한다. 목에 방울을 단 광화문의 고양이들이 은근슬쩍 목에 힘을 주기도 하지만 들끓는 쥐들과는 형님 아우 하면서 지내는 사이라는 것은 공공연한 비밀이다.

이것들의 분류를 보면, 동물계 척삭동물문 포유류 쥐목 쥐과의 잡것에 해당한다.

달방

깜박 졸았던가, 정신 차려보니
문풍지도 떨어지고 창문은 헐거워지고 벽지의 꽃들 다 지고
이제 청춘은 자러 오지 않는다.
스물과 서른 지났던가, 이순이 멀지 않은 고갯마루에서 뒤
돌아보니
솜이불은 세월의 습기 머금은 채 무거워지고
샴푸 냄새 풍기는 서른 살은 더 이상 자러 오지 않는데
키만 멀쑥한 망초대가 아무리 투숙객을 기다린들
누가 달방으로 들 것인가.
저 눅눅한 어둠 속에는 누렇게 바랜 숙박계가 있을 것이어서
가로등 불빛에 떠밀려 온 전봇대가 허리 꺾고 들기도 하고
태풍에 놀란 나무들이 우왕좌왕 몰려들어 소란스러울 때
도 있고
풀벌레가 가을 한철 왁자지껄하게 머물다 가기도 하고
서늘한 어둠이 취객을 꼬드겨 옭아 오기도 한다.
그래도 한 달에 한 번 성수기가 있으니, 보름날은
달빛이 그득그득 묵어가서 흥성거리기도 한다.

─달방 있습니다.
공주산성시장 뒷골목,

성신여인숙은 팻말 걸어놓고
밤새 못 잔 잠에 빠져있다.

빼빼로데이

안개 자욱한 늦가을 창밖, 어둡게 질린 나무들이 이파리를 버리고 있다. 더 가르칠 수도 없고 더 배울 마음도 없는 고3 교실도 안개에 점령당했다. 안개가 두려운 학생들, 두려움을 숨기려고 뛰어든 스마트폰의 바다까지 안개는 스멀스멀 스며든다. 안개에 파묻혀 아랫도리가 반쯤 사라진 학생들은 지각을 하거나 끝내 길을 찾지 못한 아이들은 결석이 잦으니 청춘이 을씨년스럽다.

은결이와 예은이와 채민이는 무료한 시간을 죽이려고 모바일 레전드 게임을 하고 있다. 은결이는 전사가 되고 예은이는 마법사가 되고 채민이는 암살자가 되어 적을 무찌르고 있다. 안개 속에서 접속하여 정체를 알 수 없는 두 사람과 한 팀이 되었지만 첩자들일지도 모른다. 적들은 풀숲에 숨어있다가 불쑥 나타나기도 하고 어둠 속으로 몸을 감추기도 한다. 적들은 어디에나 있고 아무 데도 없다. 이쪽으로 모여! 죽여! 지금 공격하자! 각자의 스마트폰을 들고 적의 포탑을 파괴하기 위해 눈에 핏기가 돈다. 다시는 살아나지 못하게 완전히 부숴버려! 칼을 휘두르고 부메랑을 날리고 화살을 쏘고 그래도 안 되면 화학무기를 분사한다. 포탑은 쉽게 점령할 수가 없다. 다급한 비명과 튀는 핏방울들로

교실이 낭자하다.

  어지러운 교실을 들여다보는 은행나무는 더 이상 우리
청춘을 낭만적으로 꾸며주지 않는다. 빼빼로데이가 왔지만
행운은 언제 당도할지 알 수가 없고, 더 이상 주고받을 것
없는 우정도 사랑도 멸종 위기종이다. 우리에게 필요한 건
스마트폰과 무릎 담요와 약간의 안개 백신

  수능 시험이 며칠 앞으로 다가왔다.
  언제까지 싸움이 이어질지, 어디서 전선이 형성될지 알
수 없는 전장으로 우리는 떠밀려서 간다. 우리는 간혹 전사
가 되거나 벌써부터 패잔병이 되거나 해야 한다. 봄도 여름
도 없이 가을이 와버렸다.

호모 스타벅스

불황과 미세먼지에 시달리는 거리로부터, 폐지를 찾아 떠도는 노인들이 나의 미래가 될지도 모른다는 불안으로부터 잠시 피신할 곳이 필요하지. 아메리카노 한 잔으로 내 삶이 잠시 호황을 이루는 곳, 달콤한 음악과 매뉴얼에서 우러나오는 친절과 은은한 조명을 배경으로 깔면 찌질한 인생도 약간은 고상해지기까지 하지. 까페라테를 주문할까, 된소리와 거센소리가 적절하게 어울리면서 강렬하게 떠받쳐 주는 내 삶에 부드러운 우유가 스며드니 이국적인 멋이 있잖아. 힘이 솟는 것 같고 주인공이 된 것 같아 우쭐해지잖아.

다리를 꼬고 우아하게 앉아 통유리로 된 무대를 넘겨볼 수도 있지. 엄마 손 잡은 아이가 자꾸 뒷걸음질하면서 지나가고, 내가 아니었던 내가 등장하여 가방을 메고 무표정하게 빨간 신호등 앞에서 서성거리고, 그림자가 없는 무수한 사람들이 검은 물결에 떠밀려 가고, 뒷골목에서 등을 보인 채 폐지 줍던 노인들이 언뜻 나타났다가 사라지는 모습 흘기면서 빨대로 나를 마시지. 거품을 입술에 묻히면서 저 거리를 잠시 홀짝거리지.

오전 열 시의 불안한 희망으로부터 오후 세 시의 남루함까지 내 그림자를 맡겨 둘 수 없는 날은 내가 아닌 나를 테이크아웃으로 받아 들고 거리로 나서더라도 누가 나의 한심한 위안을 조롱하겠어. 불안한 나를 아껴 먹으며 오후의 거리로 나서더라도 누가 나를 쓰레기통에 처박겠어. 결국 우리 모두 식욕을 주체하지 못하는 고래 배 속으로 얼떨결에 끌려왔는데, 결국 우리 모두 몸이 종이처럼 납작해지고 모르는 사이에 광고모델이 되어버렸는데 누가 나에게 취업과 출산을 들먹이며 없는 죄를 덮어씌우겠어. 아메리카노, 아메리카NO에 시럽을 넣어도 쓰디쓰기만 하고 까페라테, 까페라테를 빨대로 빨수록 거품만 남긴 채 나는 소실점을 향해 점점 줄어가더라도 누가 감히 비난할 수 있겠어. 21세기 스타벅스 제국의 시민이 되어 요람에서 무덤까지 커피를 마셔야 하는 문명인이 되었는데 누가 감히……

단식

사나운 호랑이 한 마리
광장에서 단식 투쟁 중이다
위엄이 훼손당했으므로, 영역이 위태로워졌으므로

사냥 한번 제대로 해본 적 없었다
보호구역을 벗어나 본 적 없었다
더더구나 배고파 본 적 없었다
날카로운 송곳니, 치명적인 발톱만으로도 뜨르르했다
울음소리 한 번으로도 세상은 엎드렸다
비난과 질책은 애초부터 먹잇감이 아니었다
어수룩한 박수와 헛된 칭송으로 기름진 식욕을 채웠다

무엄하게 코털을 건드리는 무리들이 날뛰다니
감히 지존의 자리를 흔드는 무리들이 준동하다니
직접 밀림으로 몸을 들이밀게 만들다니,
늑대와 여우도 허리 조아리고
능구렁이와 고슴도치도 눈치를 보고
설치류들은 또 저렇게들 아우성인데

종이호랑이 한 마리

길목에서 단식 투정 중이다

한껏 부풀려 놓은 몸값 지켜야 하므로

가진 것 조금이라도 잃어서는 안 되므로

대천 바다

천 년 혹은 만 년을 건너온 저 우북한 물너울이여
수천수만의 나비들 내 인생에 한바탕 날려 주면 안 되겠니
온몸의 세포를 부풀리는 저 울울창창 파도여
어디서 밤새 몰려와 내 몸 안쪽에 차곡차곡 쌓이는 그리
움으로
눈부신 꽃밭 펼쳐주면 안 되겠니
저문 해 끌어안고 먼 수평선까지 빛의 비단 폭 펼치는 물
이랑이여
복사꽃 하염없이 피는 섬으로 나를 데려다주면 안 되겠니

내 삶이 제발 먼 산 보듯 지나가 버리면 안 되겠기에 하
는 말이야
저 모래톱에 잠시 앉았다가 훌쩍 떠나는 청춘에게
주눅이라도 들면 안 되겠기에 하는 말이야

메리 크리스마스

눈은 내리지 않고
나와 내가 마주 앉아 눈사람 아이스크림 퍼먹는다

스푼을 들고 입맛 다시고
―싼타가 온다
머리를 파먹고
―싼타가 올 것이다
가슴과 허리를 파먹고
―싼타가 올까

하얀 눈이 빛나는 성탄절 마을은
누군가 내 머릿속에 편집한 기억이다
굴뚝으로 싼타가 들어온다는 밤은
내 인생의 사기극이다
결국 우리 앞에 놓이는 것은
빈 의자 하나
뜬구름 한 평,

메리 크리스마스

거미줄

세계 최고 수준의 초고속 인터넷망
방방곡곡 심산유곡까지 찾아가는 휴대폰
욕망과 욕망을 연결하는 거미줄

저물 무렵 거미줄에 걸려
육탈을 기다리는 곤충에게
저 거미줄은 수의다

대도시의 어느 아파트
죽은 지 일주일 만에 발견된 노인이
석간신문 한 귀퉁이에 누워있다

제4부 집

나비잠

백년가약 이태 만에
아들과 며느리가
맑은 가을날 골라
멀고 먼 하늘나라에 가서
품에 안고 데려온
어여쁜 천사 하나,

지금 나비잠 자고 있다
쉿!

낙화암

부소산을 찾은 세 살 적 우리 딸
낙화암 벼랑 끝에서 금강을 뒤로하여
사진을 찍어주려고 물러서는데
버려두고 가지나 않을까
벼랑에 떨어지지나 않을까
우리 딸은 자꾸 아빠를 찾고.

거실에서 잠들면
안아서 안방에 눕히던 세월 지나니
몸에서 꽃이 피고
뒤를 잡아주는 아빠를 믿고 비틀비틀
기우뚱기우뚱 배우던 자전거를 타고
스물예닐곱 우리 딸
노심초사의 세상으로 잠적하고.

풍랑 거친 바다로 딸을 떠나보내고 나니
내 몸속에 벼랑 하나 솟아오르네.
딸을 생각할 때마다 애달픈 꽃이 피는
낙화암을 품게 되네.

\>

낙화암에 우두커니 남아

빈방 열어보기도 하고

입동이면 난방 스위치 눌러보기도 하고.

신발

우리 장조카 미화의 딸
이제 두 돌 막 지난 정흔이가 낮잠에 빠져있을 때
상수리나무 잎사귀 닮은 앙증맞은 신발 속에는
봄볕이 꼬물꼬물 놀다가 간다.
오른쪽 왼쪽도 모르고 신발 꿰차고 놀 때는
싱싱한 바람도 동무하며 푸르게 출렁거리는데

그래그래, 전후좌우 동서남북 따지느라고
앞사람들이 끊고 헝클어놓은 길이 그 얼마이더냐
초여름 잎사귀 같은 발자국으로
한 그루 나무가 되어라
물결치며 뻗어가는 산줄기가 되어라
아장아장 그 길이
네가 딛고 가야 할 향기로운 길이 아니겠느냐

백로白露

아비 생일이라고

대처로 나가 밥벌이 준비한다고
고군분투하는 딸이 다녀갔다

한 가솔을 이끌고 어딜 가는지
저물 무렵 한 무리의 철새 날아간 뒤
밤새 맺힌 이슬에 가을로 휘어진 풀잎들
저 기울기를 부드러움이라 불러야 하랴
애절함이라 불러야 하랴

통영 2

소싯적 아버지 지게 짐 지고 드나들었다는 곳
춘분 지나 흩어진 섬마다 봄꽃 피는 시절에는
서호시장에서 도다리쑥국 한 그릇 먹고
통영여객선터미널에서 연안여객선을 타고 싶네
뱃고동 소리에 하얗게 항적을 남기며
내항을 빠져나가는 여객선을 타고 싶네
이미자나 남인수나 이난영의 노래를 동력으로
갈매기들이 힘차게 밀어주는 배를 타고 싶네
오래전 세상을 떠난 아버지도 모시고
짝다리 짚고 발장단 치면서
1960년대로 가보고 싶네
비진도나 욕지도 지나 수평선 너머
뭉게구름으로 지은 나라에 당도하고 싶네

상여喪輿

하얀
나비 한 마리
산등성이 너머로 날아가네

꽃가마 타고 넘어왔던 길을
뉘엿뉘엿 되짚어 날아가네

흰 연기 한 줄기도
울먹울먹 따라가네

장마

쏟아붓던 장맛비 그치고
비안개도 물러갈 즈음
쌍무지개 떴다
푸르게 열렸던 서쪽 하늘에
붉은 저녁 기운 어렸다가
푸르스름한 어둠 찾아오니

이런 날은
저승에 계신 어머니 모셔다가
산밭에서 따온 옥수수를 마주 앉아 까서
마당가 무쇠솥에 찌기 좋은 날이다
처마 가득 옥수수 익는 냄새 번지는 대청마루에서
한 번도 못 뵌 며느리 인사도 올리고
가을에 태어날 증손자 소식도 여쭙고

달맞이꽃 두런두런 피어나는 밤을 보내고
새벽이 오기 전에 은하수 강변까지
어머니 바래다드리기로 하자

벚꽃 요양원

509호에서 내려다보이는 저 벚나무들
구름처럼 환하게 꽃잎 매달고 있는
저 벚나무들도 요양 중이다

대책이 없구나, 이 봄은
파평 윤씨 아흔 해를 뒤적거리다가
속절없이 어질러만 놓고 짐짓 모른 체
돌아서서 딴전만 피우는데
한때 뜨거운 시간들 끌어안고 젖 물리다가
무릎 연골이 내려앉거나
척추뼈 한두 개쯤 저당 잡히거나
산소호흡기로 추억을 수소문하거나
정신 줄 놓쳐 버려 오갈 데 없어진 생애를 대신하여
꽃잎 떨구는 벚나무들이 통째로 앓고 있다

꽃잎들 떨어져서 왜 구석으로만 몰리는지
왜 은밀한 울음처럼 그늘로만 쌓이는지
막다른 골목에 생을 부린 사람은 알지
509호에는 화들짝 피었다가
시나브로 떨어지는 꽃잎들이 요양 중이다

스무 살

남쪽 산골에도 눈이 내려서
어둠조차 감당하지 못하고
한밤중의 밑바닥이 하얗게 되도록* 내려서
길짐승 날짐승도 하얗게 질리도록 내려서

눈의 무게 이기지 못하고
가지 하나씩 내어주며
소스라치는 소나무들 비명에
적막한 산골이 온통 수런거리니,
이런 밤에는
시골 역을 지나는 야간열차의 기적도
산봉우리 몇 개쯤은 순식간에 넘어와
문풍지 하얗게 흔들며 재촉하니

때가 되었나 보다
고향을 등질 때가 왔나 보다

* 가와바타 야스나리의 『설국』에 나온 문장을 변형함.

공갈빵

터키 앙카라의 어느 2층 식당
단체 여행객의 점심으로 나온 공갈빵

돈과
욕망과
아집에 빠져
알맹이 없이 부풀린 내 삶을
먼 이국에서 만난다

먹어도 먹어도
허기가 남는다

퇴직에 부쳐

자주 덧없는 희망을 팔았다
밥벌이가 되었다
달콤한 미래를 미끼로 덫을 놓았다
사춘기 소녀들이 심심찮게 걸려들었다
삶에 어느 정도 윤기가 흘렀다
없는 길을 만들어서 유혹했다
망설이면 어깨를 두드리며 꼬드겼다
칠게처럼 옆으로 걸으면서도
앞을 보고 꿋꿋하게 나아가라고 다그쳤다
가본 적 없는 고장의 봄소식도 물어 날랐다

모래 속에서 부화한 새끼 거북처럼
필사적으로 바다를 향해 내달리는 모습을
애써 외면했다
거친 파도와 괭이갈매기의 부리를
막아주지 못했다
이렇게 어언 34년을 살았다

이제부터
혓바닥 함부로 놀리지 않고

고개 함부로 쳐들지 않고
눈알 함부로 부라리지 않고
낮아지고 작아져야 할 것이다

쑥부쟁이

오래전에 세상을 등진
이제는 가물가물한 어머니의 생신 무렵
산길에서 마주친 보라색 쑥부쟁이꽃
자주 못 가본 무덤가에도
저렇게 피어있을 것 같아
괜스레 엎드려 절하고 싶은
저 보라색 뒤쪽

석이石耳

봄밤, 소쩍새가 내내 운다.
몸져누운 절벽 하나가 밤을 새워 앓는다.

절벽도 귀가 있어서
구름 흘러가는 흔적에도 애가 달고
천둥 번개에도 소스라쳐 떨쳐 달아나고 싶고
암팡진 여자를 보면 따라나서고 싶어 안달이지만,
머나먼 광년을 달려온 별빛이 조곤조곤
들려주는 이야기 마음에 다잡아 새기고
하룻밤 묵으러 왔다가 천년만년 눌러앉은
소쩍새 울음도 켜켜이 누르고 눌러왔을 것인데

석이버섯이 저녁 밥상에 오른 봄날 이후
귀를 잃고 안절부절못하는 절벽이
귀가 먹어버린 낭떠러지 하나가
밤마다 찾아와서 울다가 간다.
소쩍새가 곡비처럼 우는 봄밤,
저렇게 절벽 앞에서는 누구나 절박해지는 것이다.

기일忌日

행서체의 강설江雪*을 표구한 낡은 병풍 뒤에서 칩거하오
신 지,
싸락눈 뿌리는 대밭 오솔길 넘어가오신 지
어언 스물 몇 해
눈 내리는 산골짝 추운 강에서
여지껏 낚싯대 드리우고 계신가 안부 여쭙고

조율이시 좌포우혜 어동육서
진설하는 이승의 소리가 당도한다면
날짐승도 그치고 인적도 끊긴 그곳 적막하오니
현고학생부군顯考學生府君 우리 아버지, 낚싯대 걷으시옵고

장명등 밝혀 놓고 문 열어놓고
현고학생부군顯考學生府君 우리 아버지,
왕림하시옵기를 기다리는 밤
따뜻한 쌀밥과 탕국 차려놓고
집 뒤 슐렁이는 대밭에 귀 기울이는 밤
불초한 자식들은 손등 포개어 도열하고
며느리들은 눈 둘 데 없어 서성이면서

싸락눈 털어내며 왕림하시옵기를 기다리는

음력 십일월의 밤

---

* 강설江雪: 당나라 시인 유종원柳宗元의 한시. 이 시의 이미지를 일부
  빌려 옴.

이슬 바심

한림항에서 새벽부터 길을 나섰다
귀덕리 거쳐 선운정사로 이어지는 길목
아침 햇살에 영롱하게 익어가는 풀잎의 이슬들을
바짓가랑이와 신발로 털었다

울렁울렁 몸살 앓는 협재 앞바다 물너울들
밤새 비양도 애타게 바라보던 한림항의 불빛들
낯선 항구에서 밤을 보낸 길손의 노독
별과 내통하는 풀벌레들의 수다
늦은 밤까지 쓰고 지우던 편지의 자음 모음들
그리고 희로애락에 사로잡혀
지천명을 어지럽게 넘어온 발걸음
저 이슬을 키운 것들의 목록이다

안달복달이 대여섯 되
조바심이 두 말가웃
노심초사가 서 말 닷 되
전전긍긍이 스무 말
사무침이 예닐곱 섬
설렘이 아흔아홉 가마

두근두근이 일천 석

마음의 곳간으로 옮겨 오는 이 옹골찬 알곡들
한평생 먹고 견뎌야 하는 식량이다

작은 존재의 꿈

전철희(문학평론가)

　시인은 세상을 보며 느끼는 감정을 완결된 언어적 형식으로 직조해야 한다. 그들은 가령 한 송이의 꽃이 피는 순간 그 모습이 얼마나 아름다운지를 노래할 수 있고, 또 그 꽃을 피워낸 힘이 무엇인지에 대한 사색을 통해 종교적 섭리라든가 우주적 질서 같은 것을 말할 수 있다. 이것은 문학 원론에 나올법한 상식적인 이야기인데, 오늘날의 시를 설명하기 위해서는 얼마간의 추가 설명이 필요하다. 근대 사회에서 인간과 자연의 거리는 너무 멀어졌다. 그래서 시인들도 자연과 합일되었다는 기분을 느끼면서 살아가진 못하게 되었다.

　자연을 사랑했던 시인 릴케는 일찍이 꽃을 '순수한 모순'

이라 칭한 바 있다. 장미꽃은 지극히 아름답지만, 인간이 다가가려 하면 날카로운 가시를 드러낸다. 릴케의 비유는, 가까이 하고 싶지만 가까이 할 수 없는 '모순'을 가지고 있는 자연의 존재를 우리에게 상기시킨다. 그 후에 등장한 수많은 시인들 또한 '꽃'으로 상징되는 자연에 대한 개인적 상념을 투명하게 드러내기보다는, 인간과 자연의 합일 불가능성에 대한 고찰을 수행했다.

한데 자연과 합일될 수 없다는 비극적 인식이 항상 회의주의를 동반하는 것은 아니다. 시에서 자연은 보통 순수한 이상을 의미하는데, 시인들은 자연과 합일될 수 없다는 점을 지적하면서도 자신의 이상을 포기하지 않겠다는 결의를 다지곤 했다. 가령 "엄마야 누나야 강변 살자"라는 구절이 반복되는 김소월의 시가 그렇다. 여기에서 '강변'은 단순히 특정한 지역이 아니라 시인이 꿈꾸던 이상향을 뜻할 것이다. 그런데 인간은 누구도 자신이 꿈꾸는 무릉도원에 갈 수 없다. 아마 김소월도 이 사실을 모르지 않았겠지만, 그럼에도 그는 '강변'에서 살고 싶다는 의지를 어린 아이의 목소리로 노래했다. 이 시가 아름다운 이유 중 하나는, 현실에 안주하지 않고 불가능한 목표를 추구하는 인간의 모습을 보여 주기 때문이다. 침묵하는 '님'에 대한 상념을 고백한 한용운이라든가 아직 피지 않은 '모란'의 만개를 기다리는 마음을 절절하게 담아낸 김영랑의 작품에 대해서도 같은 평가를 할 수 있을 것이다.

정용기의 3번째 시집 『어쨌거나 다음 생에는』 또한 이와 유사한 문제의식을 내포하고 있다. 이 시집에는 생활인으로서의 상념을 고백한 것부터 전통적 서정시로 보이는 것까지 다양한 형식을 가진 작품들이 포함되어 있지만, 그리고 이 작품들에는 대체로 시인의 솔직한 생각이 드러나는 것 같기도 하지만, 그렇다고 해서 이 시집이 누군가의 개인적 상념을 이야기한 것이라고만 해선 안 된다. 이 책은 인간이 세상과 어떻게 관계를 맺을 수 있는지에 대한 성찰과 이 세상에서 인간은 어떤 마음으로 살아가야 하는지에 대한 윤리적 고민을 담고 있기 때문이다.

*

『어쨌거나 다음 생에는』은 4개의 부분으로 나누어져 있다. 이 해설에서는 분석의 편의를 위해 3부 '길'을 먼저 다루겠다. 여기에 수록된 작품들은 사회 비판적 성격을 가지고 있는 것이 많다. 전쟁을 소재로 한 「함락된 도시의 여자」, 정치인을 겨냥한 「쥐」, 현대문명 전체를 비판한 「호모 스타벅스」와 「거미줄」 등을 사례로 들 수 있겠다. 그런데 이 작품들이 사회 비판을 궁극적 목적으로 상정하고 있지는 않다. 이 작품들은 '사회'에 대한 비판을 경유하여 자기 자신의 삶에 대한 성찰로 나아간다.

가령 「진술서」라는 작품을 살펴보자. 이 작품의 1연에서 화자는, 군대에 있을 당시 서리를 하거나 장난을 하거나 군부대의 훈련 따위를 하면서 민간인들에게 피해를 주었던 경험을 고백한다. 그런데 2연에서는 다음과 같은 "진술"이 이어진다.

이 모두

스물서너 살 무렵

전두환 정권 때 저질렀던 일입니다.

—「진술서」부분

이 구절은, 앞서 화자가 말했던 군복무 당시의 일들이 개인적인 일탈이 아니라 당시의 군부 정권이 만든 폭력적 사회 분위기와 연동된 것이었음을 폭로하고 있다. 과연 지도부 자체가 군인(출신)으로 이루어져 있었던 5공화국은 공공연한 폭력이 만연해 있던 시대였다. 그런 사실을 감안하고 보면, 화자가 군대에서 했다는 몇 가지 잘못은 정부가 방조(사주)한 행위라고 할 수도 있을 것이다.

군부 정권의 폭력성을 환기시킨다는 점에서 「진술서」는 사회 비판적이다. 그런데 이런 사회 비판에만 그친다면, 그래서 화자가 1연에서 진술한 잘못들은 전두환 정권 탓으로만 돌린다면, 당시의 사회를 살아가던 개인들은 아무런 문제도 저지르지 않았다는 설명을 통해 개인들에게 면죄부를 줄 수 있다. 전두환 정권이 태생부터 폭력적이었을 수 있기는 하겠지만, 만약 당시의 사회에 폭력이 만연했다면 그것은 당시를 살아가던 사람들이 시대적 분위기에 동조했기 때문이라는 사실을 우리는 기억해야 한다. 「진술서」의 미덕은, '사회 비판'을 통한 손쉬운 책임 회피를 거부한다는 점에 있다. 애당초 이 작품의 제목이 '고발장'이 아니라 '진술서'라는 사실로부터도 드러나듯, 「진술서」는 반성적 어조를 견지하고 있다. 당시의 분위기에 휩쓸려서 했던 행동이라고 할지라도 어쨌든 잘못을 저지른 사람은 반성해야 한다는 시인의 문제의식이 나타나는 대목이다.

이것은 매우 엄격한 기준에 입각한 자기반성이다. 5공화국이 생겨나기 전에 광주에서 벌어진 학살 등과 비교할 때 이 시의 화자가 고백한 잘못 정도는 대단치 않은 것으로 보이기도 한다. 더욱이 당시에 복무 중이던 군인들은 당시의 분위기에 저항할 방법은 없었을 것이다. 따라서 「진술서」의 화자를 법적, 도덕적으로 단죄하긴 힘들다. 그러나 이런 잘못들을 저지른 사람 자신의 입장으로 본다면, 시대적 분위기에 편승한 행위였다고 스스로를 합리화해선 안 된다. 사회의 문제에 대해서는 엄격히 비판하되 그 사회에서 살아가던 자신의 책임에 대해서도 엄격히 반성하는 태도를 가지는 사람이 없다면 사회는 더 이상 발전하지 못할 것이다. 사회 문제를 자신의 책임으로 통감하는 태도가 윤리적이라고 할 수 있다면, 정용기의 시는 윤리적이다. 다음의 작품에서도 이 시인의 윤리적 태도는 여실히 드러난다.

불황과 미세먼지에 시달리는 거리로부터, 폐지를 찾아 떠도는 노인들이 나의 미래가 될지도 모른다는 불안으로부터 잠시 피신할 곳이 필요하지. …(중략)… 오전 열 시의 불

안한 희망으로부터 오후 세 시의 남루함까지 내 그림자를
맡겨 둘 수 없는 날은 내가 아닌 나를 테이크아웃으로 받아
들고 거리로 나서더라도 누가 나의 한심한 위안을 조롱하
겠어. 불안한 나를 아껴 먹으며 오후의 거리로 나서더라도
누가 나를 쓰레기통에 처박겠어. 결국 우리 모두 식욕을 주
체하지 못하는 고래 배 속으로 얼떨결에 끌려왔는데, 결국
우리 모두 몸이 종이처럼 납작해지고 모르는 사이에 광고
모델이 되어버렸는데 누가 나에게 취업과 출산을 들먹이며
없는 죄를 덮어씌우겠어. 아메리카노, 아메리카NO에 시럽
을 넣어도 쓰디쓰기만 하고 까페라테, 까페라테를 빨대로
빨수록 거품만 남긴 채 나는 소실점을 향해 점점 줄어가더
라도 누가 감히 비난할 수 있겠어. 21세기 스타벅스 제국의
시민이 되어 요람에서 무덤까지 커피를 마셔야 하는 문명인
이 되었는데 누가 감히……

—「호모 스타벅스」부분

　여기에서 화자가 자책하는 것은, 화가 날 때 카페를 가서
아늑한 일상을 즐겼기 때문이다. 이것은 물론 부끄러워할
만한 일이 아니다. 자신이 번 돈으로 여유 있게 커피 한 잔
마시는 사람을 누가 질책하겠는가? 이미 이 사회의 사람들
은 "스타벅스 제국의 시민이 되어 요람에서 무덤까지 커피
를 마셔야 하는 문명인"으로 훈육되어 있다. 그런데 시인은
이 점 때문에, 자신이 억압적 문명의 일원으로 살아가고 있
다는 사실 때문에 부끄러움을 느끼고 있다. 이 다국적 기업

이 얼마간 억압적 체제를 뒷받침한다는 것은 이미 널리 알려져 있다. 가령 커피를 수확하는 농부들이나 아르바이트생들에게 충분한 보상이 주어지지 않는다거나, 이 다국적 기업이 프랜차이즈를 확장할 때 다른 자영업자들은 힘들어지고 젠트리피케이션이 가속화된다는 것 등등을 우리는 최소한 머리로는 인지하고 있다. 다만 이것은 오늘날의 자본주의 사회에서 어찌 보면 당연한 일이기 때문에 웬만한 사람들은 문제의식을 느끼지 못한다. 그런데 이 작품의 화자는 자신이 작금의 체제를 돌아가게 만드는 구성원 중 한 명이라는 사실 자체에 부끄러움을 느끼고 있다. 여기에서 우리는 시인의 윤리적 감각이 얼마나 엄격한지를 다시금 확인하게 된다.

정용기의 시는 사회의 문제점을 고발할 때에도 일반적인 의미에서의 '사회 비판'으로 귀결되지 않는다. 사회 비판은 민주주의 사회의 필수 요소이지만, 오늘날의 사회에서는 소모적인 흠잡기식의 비판들도 난무하고 있다. 자신과 다른 생각이나 입장을 가진 사람에게 온갖 부정적 꼬리표를 붙여 힐난하는 사람들은, 생산적인 논의를 거부하고 상대방을 비판할 때 느낄 수 있는 쾌감을 향유하고 자신의 윤리적 우월성을 확인하려는 것처럼 보이는 경우도 드물지 않다. 그에 반해 정용기의 시는 사회의 구조를 비판하는 단계를 넘어 그 사회 속에서 살아가고 있는 자기 자신에 대한 반성으로 나아간다. 그의 작품은 또한 "욕망과 욕망을 연결하는 거미줄"(「거미줄」)이라고 일컬을 수 있는 현대문명에서 벗어나, 자연의 소리에 몸을 맡긴 "유목민"(『매미』)으로 거듭나려는 의지를 보여 준다. 인간이 폭력적 문명으로부터 벗어나 자신만의 독자적인 방식으로 살아가는 것은 어려운 일이다. 시인도 이 사실을 모르진 않겠지만 그는 폭력적 사회로부터 벗어나려는 노력을 방기하지 않고 끊임없이 자신을 반성한다. 이 책의 3장 제목이 '길'인 것은, 비루한 세상을 벗어나겠다는 의지를 가지고 계속해서 앞으로 나아가겠다는, 야심만만하면서도 겸손한 시인의 문제의식을 함축하고 있다.

이것은 '사회 비판'을 넘어 시의 영역에 속하는 문제일 수도 있다. 이 세상에서 '나'는 어떤 존재인지를 탐색하고 편협한 현실을 벗어날 방안을 고민하는 것은 시인의 기본적인 책무이기 때문이다. 다음 문단에서는 『어쨌거나 다음 생에는』의 시적詩的인 측면을 더욱 자세히 살펴보자.

*

이번 시집의 1부 '꽃'에 수록된 작품들은, 꽃을 보면서 느낀 시인의 감정을 있는 그대로 읊조린 것이 아니다. 이 작품들에서 시인은, 이상적 세계로 상정되어 있는 자연과 '나'의 관계를 성찰한다. 가령 이 부분의 절반 정도를 차지하고 있는, 8편으로 된 「서귀포」 연작만 해도 그렇다. 이 연작은 서귀포에 있는 자연 풍광이나 물상들의 특질 등을 거의 묘사하지 않고, 대신 그것을 보면서 한 인간이 펼쳐낸 사유의

편린을 늘어놓고 있다. 이 연작의 말미에 수록된 작품(다음 편이 시집의 뒷부분에 수록되어 있기는 하지만, 어쨌든 1부에서는 연작의 마지막 작품인)「이사」를 살펴보자.

> 나 이사했어, 환한 봄날에 놀러와!
> …(중략)…
> 그런데 왜 이러지
> 가도 가도 오르막길에 앞이 제대로 안 보이네
> 파랑주의보 앞에서 바다는 왜 글썽이기만 할까
> 삶은 늘 물이랑에 서쪽으로 떠밀리기만 할까
> 무엇이 동쪽으로 길을 잡은 목덜미 낚아채서
> 서쪽으로 서쪽으로 끌고 가는지
> 삶은 늘 절룩거려야 하는지
> 너는 알고 있니?
>
> 늦기 전에 꼭 놀러 와!
>
> ―「이사」 부분

이 작품에는 두 가지 목소리가 병치되어 있다. 첫 번째는 작품의 제일 앞과 뒷부분에 배치된, "놀러와!"라는 이상적 목소리이고, 두 번째는 "가도 가도 오르막길에 앞이 제대로 안 보이"는 상황임을 자각하는 현실적 목소리이다. 두 목소리를 공존시킴으로써 이 작품은, 어딘가로 떠나고 싶다는 시인의 염원을 보여 주는 한편, 그런 염원이 현실화되기는 힘들 것이란 사실에 대해서는 통감을 형상화한다. 그런데 "놀러와!"라는 말을 수미상관으로 배치한 구조를 보면, 이 작품이 '현실적' 목소리보다 '이상적' 목소리를 강조하고 있음을 알 수 있다. 우리는 앞서 김소월의 시를 통해, 갈 수 없는 '강변'을 그리워하는 마음을 형상화하는 것이 서정시의 본도에 맞는 행위라고 지적했다. 「이사」에 대해서도 같은 설명이 가능할 것이라 생각된다.

'자연'이 '나'를 유혹한다는 모티프는 다음의 작품에서 더욱 구체화된다.

> 당신은 내 손목 붙잡고 저수지로 끌고 갔을 테고
>
> 당신은 나를 위해 자정의 수렁을 예약했을 테고
>
> 당신은 내가 자주 다니는 길목에 몰래 지뢰를 묻었을 테고
>
> 당신은 풀잎 끝에 맺힌 이슬 나에게 강매했을 테고
>
> 당신은 내 안의 광기를 빼앗고 허세를 안겼을 테고
>
> 당신은 홍수로 불어난 냇물에 들어가도록 부추겼을 테고
>
> 당신은 바다를 지나온 바람에 목줄로 나를 묶어놓았을 테고
>
> 당신은 감언이설로 나를 초원으로 불러냈을 테고
>
> 당신은 유월의 장미로부터 수혈을 강요하기도 했을 테고
>
> 당신은 구름에게 보내는 연애편지 대필하게 했을 테고
>
> 당신은 수만 년 동안 굴러온 돌의 연대기를 작성하는 숙
>
> 제 냈을 테고,

당신은 나를 이 지경으로 만들었을 테고,

그리하여 내 명치 언저리에 우련한 물무늬가 이따금 환
하게 드리웠을 테고

—「당신은 그리하여」 전문

이 시에서 화자는 '자연'이 자신을 유혹하고 있다는 느낌
을 받았다고 썼다. 그러나 자연은 사람을 유혹할 수 없다.
이 시의 화자가 자연의 유혹을 느끼는 것은, 본래부터 자신
이 자연을 향해 가려는 마음을 간절히 가지고 있었기 때문
일 것이다. 이때 '자연'이 실제 현실의 자연을 지칭하는 것
인지 아니면 현실을 초월한 유토피아적 세계를 비유한 것
인지 따위의 문제는 별로 중요하지 않다. 이 작품은 '자연'
을 간절히 그리워하는 마음 자체를 형상화하고 있기 때문
이다.

『어쨌거나 다음 생에는』의 거의 모든 수록작들은, 현실을
벗어나 다른 세상으로 가닿고 싶다는 시인의 '꿈'을 반영하
고 있다. 가령 이 시집의 첫 작품은 "열망으로/ 온통 몰두하
는 생"(「노랑머리연꽃」)을 형상화한 것이다. 그리고 바로 다음
작품 「충북선」은, "어쨌거나 다음 생에"서라도 자연과 가까
운 삶을 살 수 있기를 바라는 마음을 담고 있다. 이 대목에
서 독자는, 내세를 기약하는 막연한 종교적 기대가 아니라,
현실에서 이룰 수 없는 꿈을 포기하지 않고 살아가겠다는
결의를 느끼게 된다. 시인은 이 시집의 중간 작품들에서 자
신의 삶을 겸허하게 되돌아본 후, 마지막 작품 「이슬 바심」

에 이르면, 자신이 "안달복달"이라든가 "조바심"이라든가 "노심초사"라든가 "전전긍긍"이라든가 "사무침"이라든가 "설렘"이라든가 "두근두근" 같은 것들을 가지고 살아가겠다고 이야기한다. 신실한 '꿈'을 포기하지 않겠다는 시인의 다짐은 다음의 작품에서도 집약적으로 드러난다.

　　설핏 잠이 들었네

　　몸이 만들어낸 무거운 그림자에 갇혀
　　허겁지겁 여기까지 이르렀으니
　　이쯤에서 그림자의 미늘을 빠져나와
　　생의 목차를 헝클어놓고 싶은 것이다
　　늦가을 저무는 산기슭으로 몸을 숨기는
　　길들의 뒤를 밟아보고 싶은 것이다
　　찰랑찰랑 밀려오는 어둠 저쪽으로
　　물수제비를 뜨고 싶은 것이다

　　　　　　　　　　　　　　　　—「태백선」 부분

　이 작품에서 화자는 꿈을 꾼다. 꿈을 꾸는 동안에는 무거운 현실에서 벗어나 자신이 원하는 곳을 자유롭게 갈 수 있고, 어둠을 향해 물수제비도 할 수 있기 때문이다. 어쩌면 우리는 이 시집 전체가 시인이 현실 바깥의 이상을 향해 가는 '꿈'을 그려낸 것이라고도 할 수 있지 않을까. 부디 이 시인이 '다음 생'까지 기다리지 말고, 현실에 발붙이면서도 맹렬히 무언가를 꿈꾸는 모습을 '이번 생'에도 계속해서 보여줄 수 있기를 기대해 본다.